KB215342

한국인들이 좋아하는

한국의
명시
99선

이강래 엮음

한국인들이 좋아하는

한국의 명시 99선

다연
DAYEONBOOK

목
차

한국인들이
좋아하는
한국의 명시
99선

사랑굿 1

그대 내게 오지 않음은
만남이 싫어 아니라
떠남을
두려워함인 것을 압니다

나의 눈물이 당신인 것을
알면서도 모르는 체
감추어 두는
숨은 뜻은
버릴래야 버릴 수 없고
얻을래야 얻을 수 없는
화염(火焰) 때문임을 압니다

곁에 있는
아픔도 아픔이지만
보내는 아픔이
더 크기에
그립고 사는
사랑의 혹법(酷法)을 압니다

두 마음이 맞비치어
모든 것 되어도
갖고 싶어 갖지 않는
사랑의 보(褓)를 묶을 줄 압니다.

서시

_윤동주

죽는 날까지 하늘을 우러러
한 점 부끄럼이 없기를,
잎새에 이는 바람에도
나는 괴로워했다.
별을 노래하는 마음으로
모든 죽어가는 것을 사랑해야지
그리고 나한테 주어진 길을
걸어가야겠다.

오늘 밤에도 별이 바람에 스치운다.

먼 후일

먼 훗날 당신이 찾으시면
그때에 내 말이 잊었노라

당신이 속으로 나무라면
무척 그리다가 잊었노라

그래도 당신이 나무라면
믿기지 않아서 잊었노라

오늘도 어제도 아니 잊고
먼 훗날 그때에 잊었노라

행복

_한용운

나는 당신을 사랑하고, 당신의 행복을 사랑합니다.

나는 온 세상 사람이 당신을 사랑하고, 당신의 행복을 사랑하기를 바랍니다.

그러나 정말로 당신을 사랑하는 사람이 있다면

나는 그 사람을 미워하겠습니다.

그 사람을 미워하는 것은 당신을 사랑하는 마음의 한 부분입니다.

그러므로 그 사람을 미워하는 고통도 나에게는 행복입니다.

만일 온 세상 사람이 당신을 미워한다면, 나는 그 사람을 얼마나 미워하겠습니까.

만일 온 세상 사람이 당신을 사랑하지도 않고 미워하지도 않는다면 그것은 나의 일생에 견딜 수 없는 불행입니다.

만일 온 세상 사람이 당신을 사랑하고자 하여 나를 미워한다면 나의 행복은 더 클 수 없습니다.

그것은 모든 사람의 나를 미워하는 원한의 두만강이 깊을수

록 나의 당신을 사랑하는 행복의 백두산이 높아지는 까닭입
니다.

금잔디

_김소월

잔디

잔디

금잔디

심심산천에 붙는 불은

가신 임 무덤 가에 금잔디.

봄이 왔네, 봄빛이 왔네

버드나무 끝에도 실가지에.

봄빛이 왔네, 봄날이 왔네

심심산천에도 금잔디에.

바람이 불어

_윤동주

바람이 어디로부터 불어와
어디로 불려가는 것일까,

바람이 부는데
내 괴로움에는 이유(理由)가 없다.

내 괴로움에는 이유(理由)가 없을까,

단 한 여자(女子)를 사랑한 일도 없다.
시대(時代)를 슬퍼한 일도 없다.

바람이 자꾸 부는데
내 발이 반석 위에 섰다.

강물이 자꾸 흐르는데
내 발이 언덕 위에 섰다.

내 마음을 아실 이

_김영랑

내 마음을 아실 이
내 혼자 마음 날같이 아실 이
그래도 어데랴 계실 것이면

내 마음에 때때로 어리우는 티끌과
속임 없는 눈물의 간곡한 방울방울
푸른 밤 고이 맺는 이슬 같은 보람을
보밴 듯 감추었다 내어 드리지

아! 그립다
내 혼자 마음 날같이 아실 이
꿈에나 아득히 보이는가

향 맑은 옥돌에 불이 달아
사랑은 타기도 하오련만
불빛에 연긴 듯 희미론 마음은
사랑도 모르리 내 혼자 마음은.

꿈으로 오는 한 사람

_김소월

나이 차라지면서 가지게 되었노라
숨어 있던 한 사람이, 언제나 나의,
다시 깊은 잠 속의 꿈으로 와라.
붉으렷한 얼골에 가늣한 손가락의,
모르는 듯한 거동(擧動)도 전(前)날의 모양대로
그는 야저시 나의 팔우혜 누어라.
그러나, 그래도 그러나!
말할 아무것이 다시 없는가!
그냥 먹먹할 뿐, 그대로
그는 니러라. 닭의 홰치는 소래.
깨어서도 늘, 길거리엣 사람을
밝은 대낮에 빗보고는 하노라.

동백닙에 빗나는마음

_김영랑

내마음의 어듼듯 한편에 끗업는
강물이 흐르네
도처오르는 아츰날빗이 빤질한
은결을 도도네
가슴엔듯 눈엔듯 또 피ㅅ줄엔듯
마음이 도른도른 숨어잇는곳
내마음의 어듼듯 한편에 끗업는
강물이 흐르네

호수

_이육사

내여달리고 저운 마음이런만은
바람 씻은듯 다시 명상(瞑想)하는 눈동자

때로 백조(白鳥)를 불러 휘날려보기도 하것만
그만 기슭을 안고 돌아누어 흑흑 느끼는 밤

희미한 별 그림자를 씹어 놓이는 동안
자줏빛 안개 가벼운 명모(瞑帽)★같이 나려씨운다

★ 명모(瞑帽): 죽은 이를 염할 때 망인의 얼굴을 싸매는 수건 모양의 헝겊

부모

_김소월

낙엽(落葉)이 우수수 떠러질 때,
겨울의 기나긴밤,
어머님하고 둘이안자
옛니야기 드러라.

나는 어쩌면 생겨나와
이 니야기 듯는가?
뭇지도 마라라, 내일(來日) 날에
내가 부모(父母) 되여서 알아보랴?

사랑하면

_조병화

우리가 어쩌다가 이렇게 서로 알게 된 것은
우연이라 할 수 없는 한 인연이려니
이러다가 이별이 오면 그만큼 서운해지려니
그냥 지나칠 수 없는 슬픔이 되려니

우리가 어쩌다가 이렇게 알게 되어
서로 사랑하게 되면 그것도
어쩔 수 없는 한 운명이라 여겨지려니
이러다가 이별이 오면 그만큼 슬퍼지려니
그거 어쩔 수 없는 아픔이 되려니

우리가 어쩌다가 사랑하게 되어
서로 못 견디게 그리워지면, 그것도
그렇게 될 수밖에 없는 숙명으로 여겨지려니
이러다가 이별이 오면 그만큼 뜨거운 눈물이려니
그렇게 될 수밖에 없는 흐느낌이 되려니

아, 사랑하게 되면 사랑하게 될수록
이별이 그만큼 더욱더 애절하게 되려니
그리워지면 그리워질수록, 그만큼
이별이 더욱더 참혹하게 되려니

세월이 가면

_박인환

지금 그 사람의 이름은 잊었지만
그의 눈동자 입술은
내 가슴에 있어.

바람이 불고
비가 올 때도
나는 저 유리창 밖
가로등 그늘의 밤을 잊지 못하지

사랑은 가고
과거는 남는 것
여름날의 호숫가
가을의 공원
그 벤치 위에
나뭇잎은 떨어지고
나뭇잎은 흙이 되고
나뭇잎에 덮여서

우리들 사랑이 사라진다 해도

지금 그 사람 이름은 잊었지만
그의 눈동자 입술은
내 가슴에 있어
내 서늘한 가슴에 있건만

사슴

_노천명

모가지가 길어서 슬픈 짐승이여
언제나 점잖은 편 말이 없구나
관(冠)이 향기로운 너는
무척 높은 족속이었나 보다

물속의 제 그림자를 들여다보고
잃었던 전설을 생각해 내고는
어찌할 수 없는 향수에
슬픈 모가지를 하고 먼 데 산을 바라본다

봄

_윤동주

봄이 혈관 속에 시내처럼 흘러
돌, 돌, 시내 가차운 언덕에
개나리, 진달래, 노란 배추꽃

삼동(三冬)을 참어온 나는
풀포기처럼 피어난다.

즐거운 종달새야
어느 이랑에서나 즐거웁게 솟쳐라.

푸르른 하늘은
아른아른 높기도 한데…

나의 침실로

_이상화

-가장 아름답고 오랜 것은 오직 꿈 속에만 있어라

'마돈나' 지금은 밤도 모든 목거지*에 다니노라. 피곤하여 돌아가련도다.
아, 너도 먼동이 트기 전으로 수밀도의 네 가슴에 이슬이 맺도록 달려오너라.

'마돈나' 오려무나, 네 집에서 눈으로 유전(遺傳)하던 진주는 다 두고 몸만 오너라.
빨리 가자, 우리는 밝음이 오면 어딘지 모르게 숨는 두 별이어라.

'마돈나' 구석지고도 어둔 마음의 거리에서 나는 두려워 떨며 기다리노라.
아, 어느덧 첫닭이 울고—뭇 개가 짖도다. 나의 아씨여, 너도

★ 목거지: 모임, 잔치 등의 등을 뜻하는 모꼬지의 방언

듣느냐.

'마돈나' 지난 밤이 새도록 내 손수 닦아 둔 침실로 가자, 침
실로—
낡은 달은 빠지려는데, 내 귀가 듣는 발자욱—오, 너의 것이
냐?

'마돈나' 짧은 심지를 더우잡고 눈물도 없이 하소연하는 내
맘의 촉(燭)불을 봐라.
양털 같은 바람결에도 질식이 되어 앏푸른 연기로 꺼지려는
도다.

'마돈나' 오너라, 가자, 앞산 그리메가 도깨비처럼 발도 없이
이곳 가까이 오도다.
아, 행여나 누가 볼는지—가슴이 뛰누나, 나의 아씨여, 너를
부른다.
'마돈나' 날이 새련다, 빨리 오려무나, 사원의 쇠북이 우리를

비웃기 전에.

네 손이 내 목을 안아라. 우리도 이 밤과 함께 오랜 나라로 가고 말자.

'마돈나' 뉘우침과 두려움의 외나무다리 건너 있는 내 침실 열 이도 없으니.

아, 바람이 불도다. 그와 같이 가볍게 오려무나. 나의 아씨여, 네가 오느냐?

'마돈나' 가엾어라, 나는 미치고 말았는가. 없는 소리를 내 귀가 들음은—,

내 몸에 파란 피—가슴의 샘이 말라 버린 듯 마음과 목이 타려는도다.

'마돈나' 언젠들 안 갈 수 있으랴. 갈 테면 우리가 가자, 끄을려가지 말고!

너는 내 말을 믿는 '마리아'—내 침실이 부활의 동굴임을 네

야 알련만……

'마돈나' 밤이 주는 꿈, 우리가 엮는 꿈, 사람이 안고 뒹구는
목숨의 꿈이 다르지 않으니.
아, 어린애 가슴처럼 세월 모르는 나의 침실로 가자, 아름답
고 오랜 거기로.

'마돈나' 별들의 웃음도 흐려지려 하고 어둔 밤 물결도 잦아
지려는도다.
아, 안개가 사라지기 전으로 네가 와야지. 나의 아씨여, 너를
부른다.

사랑니

슬픔도 오래되면 힘이 되는지
세상 너무 환하고 기다림 속절없어
이제 더는 못 참겠네
온몸 붉디붉게 애만 타다가
그리운 웃가지들 모두 다 벗고
하얗게 뼈가 되어 그대에게로 가네
생애 가장 단단한 모습으로
그대 빈 곳 비집고 서면
미나리밭 논둑길 가득
펄럭이던 봄볕 어지러워라

철마다 잇몸 속에서 가슴치던 그 슬픔들
오래되면 힘이 되는지
내게 남은 마지막 희망
빛나는 뼈로 솟아 한밤내 그대 안에서
꿈같은 몸살 앓다가
끝내는 뿌리째 사정없이 뽑히리라는 것

내 알지만 햇살 너무 따뜻하고
장다리꽃 저리 눈부셔 이제 더는
말문 못 참고 나 그대에게로 가네

길

_노천명

솔밭 사이로 솔밭 사이로 들어가자면
불빛이 흘러나오는 고가(古家)가 보였다.

거기
벌레 우는 가을이 있었다.
벌판에 눈 덮인 달밤도 있었다.

흰 나리꽃이 향을 토하는 저녁
손길이 흰 삶들은
꽃술을 따문 병풍의 사슴을 애기했다.

솔밭 사이로 솔밭 사이로 걸어가자면
지금도 전설처럼
고가엔 불빛이 보이련만

몸을 소스라침은
숱한 이야기들이 머리를 들어서

시인에게

_이상화

한 편의 시 그것으로
새로운 세계 하나를 낳아야 할 줄 깨칠 그 때라야
시인아, 너의 존재가
비로서 우주에게 없지 못할 너로 알려질 것이다.
가뭄 든 논에는 청개구리의 울음이 있어야 하듯.

새 세계란 속에서도
마음과 몸이 갈려 사는 줄 풍류만 나와 보아라.
시인아, 너의 목숨은
진저리나는 절름발이 노릇을 아직도 하는 것이다.
언제든지 일식된 해가 돋으면 뭣하며 진들 어쩌랴.

시인아, 너의 영광은
미친 개 소리도 밟는 어린애의 짬 없는 그 마음이 되어
밤이라도 낮이라도
새 세계를 낳으려 손댄 자국이 시가 될 때에 있다.
촛불로 날아들어 죽어도 아름다운 나비를 보아라.

하나가 되어 주세요

_한용운

님이여, 나의 마음을 가져가려거든 마음을 가진 나한지* 가
져가셔요. 그리하여 나로 하여금 님한지* 하나가 되게 하셔요.
그렇지 아니하거든 나에게 고통만을 주지 마시고 님의 마음을
다 주셔요. 그리고 마음을 가진 님한지 나에게 주셔요. 그래서
님으로 하여금 나에게 하나가 되게 하셔요.
그렇지 아니하거든 나의 마음을 돌려보내 주셔요 그리고 나
에게 고통을 주셔요.
그러면 나는 나의 마음을 가지고 님이 주시는 고통을 사랑하
겠습니다.

★나한지: 나와 함께
★님한지: 님과 함께

소년(少年)

_윤동주

여기저기서 단풍잎 같은 슬픈 가을이 뚝뚝 떨어진다. 단풍잎 떨어져 나온 자리마다 봄을 마련해 놓고 나뭇가지 위에 하늘이 펼쳐 있다. 가만히 하늘을 들여다 보려면 눈썹에 파란 물감이 든다. 두 손으로 따뜻한 볼을 쓸어보면 손바닥에도 파란 물감이 묻어난다. 다시 손바닥을 들여다 본다. 손금에는 맑은 강물이 흐르고, 맑은 강물이 흐르고, 강물속에는 사랑처럼 슬픈 얼굴—아름다운 순이(順伊)의 얼굴이 어린다. 소년(少年)은 황홀히 눈을 감아 본다. 그래도 맑은 강물은 흘러 사랑처럼 슬픈 얼굴—아름다운 순이(順伊)의 얼굴은 어린다.

희망

_노천명

꽃술이 바람에 고갯짓하고
숲들 사뭇 우짖습니다.

그대가 오신다는 기별만 같아
치맛자락 풀덤블에 긁히며
그대를 맞으러 나왔읍니다.

내 남자에 산호(珊瑚)잠 하나 못 꽂고
실안개 도는 갑사치마도 못 걸친 채
그대 황홀히 나를 맞아 주겠거니-
오신다는 길가에 나왔읍니다.

저 산말낭에 그대가 금시 나타날 것만 같습니다.
녹음사이 당신의 말굽소리가 들리는 것 같습니다.
내 가슴이 왜 갑자기 설렙니까

꽃다발을 샘물에 축이며 축이며
산마를 쳐다보고 또 쳐다봅니다.

산유화

_김소월

산에는 꽃 피네
꽃이 피네
갈 봄 여름 없이
꽃이 피네
산에
산에
피는 꽃은
저만치 혼자서 피어 있네
산에서 우는 작은새여
꽃이 좋아
산에서 사노라네
산에는 꽃 지네
꽃이 지네
갈 봄 여름 없이
꽃이 지네

누이의 마음아 나를 보아라

_김영랑

'오.매 단풍 들것네'
장광에 골불은 감닙 날러오아
누이는 놀란 듯이 치어다보며
'오.매 단풍 들것네'

추석이 내일모레 기둘니니
바람이 자지어서 걱정이리
누이의 마음아 나를보아라
'오.매 단풍 들것네'

나룻배와 행인

_한용운

나는 나룻배
당신은 행인.
당신은 흙발로 나를 짓밟습니다.
나는 당신을 안고 물을 건너갑니다.
나는 당신을 안으면 깊으나 얕으나 급한 여울이나
건너갑니다.
만일 당신이 아니 오시면 나는 바람을 쐬고
눈비를 맞으며 밤에서 낮까지 당신을 기다리고 있습니다.

당신은 물만 건너면 나를 돌아보지도 않고 가십니다그려.
그러나 당신이 언제든지 오실 줄만은 알아요.
나는 당신을 기다리면서 날마다 날마다 낡아갑니다.

나는 나룻배
당신은 행인.

무서운 시간(時間)

_윤동주

거 나를 부르는 것이 누구요,

가랑잎 잎파리 푸르러 나오는 그늘인데,
나 아직 여기 호흡(呼吸)이 남아 있소.

한번도 손들어 보지못한 나를
손들어 표할 하늘도 없는 나를
어디에 내 한몸 둘 하늘이 있어
나를 부르는 것이오.

일을 마치고 내 죽는 날 아침에는
서럽지도 않은 가랑잎이 떨어질텐데……

나를 부르지 마오.

5월 아침

_김영랑

비 개인 5월 아침
혼란스런 꾀꼬리 소리
찬엄(燦嚴)한 햇살 퍼져 오릅내다

이슬비 새벽을 적시울 즈음
두견의 가슴 찢는 소리 피어린 흐느낌
한 그릇 옛날 향훈(香薰)이 어찌
이 맘 홍근 안 젖었으리오마는
이 아침 새 빛에 하늘대는 어린 속잎들
저리 부드러웁고
발목은 포실거리어
접힌 마음 구긴 생각 이제 다 어루만져졌나보오

꾀꼬리는 다시 창공을 흔드오
자랑찬 새 하늘을 사치스레 만드오
사향(麝香) 냄새도 잊어버렸대서야
불혹이 자랑이 아니 되오

아침 꾀꼬리에 안 불리는 혼이야
새벽 두견이 못 잡는 마음이야
한낮이 정밀하단들 또 무얼하오

저 꾀꼬리 무던히 소년인가 보오
새벽 두견이야 오-랜 중년이고
내사 불혹을 자랑턴 사람.

청포도

_이육사

내 고장 칠월(七月)은
청포도가 익어가는 시절

이 마을 전설이 주저리 주저리 열리고
먼데 하늘이 꿈 꾸며 알알이 들어와 박혀

하늘밑 푸른 바다가 가슴을 열고
흰 돛단 배가 곱게 밀려서 오면

내가 바라는 손님은 고달픈 몸으로
청포를 입고 찾아 온다고 했으니

내 그를 맞아 이 포도를 따 먹으면
두 손은 함뿍 적셔도 좋으련

아이야 우리 식탁엔 은쟁반에
하이얀 모시 수건을 마련해 두렴

고적(孤寂)한 날

_김소월

당신님의 편지를
받은 그날로
서러운 풍설(風說)이 돌았읍니다.

물에 던져 달라고 하신, 그 뜻은
언제나 꿈꾸며 생각하라는
그 말씀인 줄 압니다.

흘려 쓰신 글씨나마
언문(諺文) 글자로
눈물이라고 적어 보내셨지요.

물에 던져 달라고 하신 그 뜻은
뜨거운 눈물 방울방울 흘리며,
맘 곱게 읽어 달라는 말씀이지요.

목마와 숙녀

_박인환

한 잔의 술을 마시고
우리는 버지니아 울프의 생애와
목마를 타고 떠난 숙녀의 옷자락을 이야기한다
목마는 주인을 버리고 거저 방울 소리만 울리며
가을 속으로 떠났다 술병에서 별이 떨어진다
상심한 별은 내 가슴에 가벼움게 부서진다
그러한 잠시 내가 알던 소녀는
정원의 초목 옆에서 자라고
문학이 죽고 인생이 죽고
사랑의 진리마저 애증의 그림자를 버릴 때
목마를 탄 사랑의 사람은 보이지 않는다
세월은 가고 오는 것
한때는 고립을 피하여 시들어가고
이제 우리는 작별하여야 한다
술병이 바람에 쓰러지는 소리를 들으며
늙은 여류작가의 눈을 바라다보아야 한다
……등대에……

불이 보이지 않아도

거저 간직한 페시미즘의 미래를 위하여

우리는 처량한 목마 소리를 기억하여야 한다

모든 것이 떠나든 죽든

거저 가슴에 남은 희미한 의식을 붙잡고

우리는 버지니아 울프의 서러운 이야기를 들어야 한다

두 개의 바위 틈을 지나 청춘을 찾은 뱀과 같이

눈을 뜨고 한 잔의 술을 마셔야 한다.

인생은 외롭지도 않고

거저 잡지의 표지처럼 통속하거늘

한탄할 그 무엇이 무서워서 우리는 떠나는 것일까

목마는 하늘에 있고

방울 소리는 귓전에 철렁거리는데

가을 바람소리는

내 쓰러진 술병 속에서 목 메어 우는데

시냇물 소리

_김영랑

바람따라 가지오고 머러지는 물소리
아조 바람가치 쉬는적도 잇섯스면
흐름도 가득찰랑 흐르다가
더러는 그림가치 머물럿다 흘러보지
밤도 산(山)골 쓸쓸하이 이한밤 쉬여가지
어느뉘 꿈에든셈 소리업든 못할소냐

새벽 잠ㅅ결에 언듯 들리여
내 무건머리 선듯 싯기우느니
황금소반에 구슬이 굴럿다
오 그립고 향미른 소리야
물아 거기좀 멈췄스라 나는그윽히
저창공의 은하만년(銀河萬年)을 헤아려보노니

님의 노래

_김소월

그리운 우리 님의 맑은 노래는
언제나 제 가슴에 젖어 있어요

긴 날을 문(門) 밖에서 서서 들어도
그리운 우리 님의 고운 노래는
해지고 저물도록 귀에 들려요
밤들고 잠들도록 귀에 들려요

고이도 흔들리는 노래가락에
내 잠은 그만이나 깊이 들어요
고적(孤寂)한 잠자리에 홀로 누어도
내 잠은 포스근히 깊이 들어요

그러나 자다 깨면 님의 노래는
하나도 남김없이 잃어버려요
들으면 듣는 대로 님의 노래는
하나도 남김없이 잊고 말아요

어떤 친구에게

_노천명

같은 별 아래 태어난 여인이기에
너와 나는 함께 울었고 같이 웃었다
너를 찾아 밤길을 간 것도
눈 덮인 벌판을 걸어서 찾은 것도
내 가슴을 펼 수 있는 네 가슴이었기에

대학 교정에서 그대를 만났을 제
내 눈은 신록을 본 듯 번쩍 뜨였고
손길을 잡게 되던 날 내 가슴은 뛰었었나니

그대와 나는 자매별모양 빛났더니라.
나를 보는 이 네가 떠올랐고
너를 대하는 이 또 나를 생각해냈다.

어떤 사람은 너를 더 빛난다 했고
다른 이 또 나를 더 좋다 했다.
너와 나 같은 동산에 서지 않았던들
너 나를 이런 곳에 밀어넣지는 않았을 것이고
우리는 얼마나 더 정다웠으랴.

영원히 사랑한다는 것은

_도종환

영원히 사랑한다는 것은
조용히 사랑한다는 것입니다
영원히 사랑한다는 것은
자연의 하나처럼 사랑한다는 것입니다
서둘러 고독에서 벗어나려 하지 않고
기다림으로 채워간다는 것입니다
비어 있어야 비로소 가득해지는 사랑
영원히 사랑한다는 것은
평온한 마음으로 아침을 맞는다는 것입니다

사랑하는 사람을 잃는 것은
몸 한쪽이 허물어지는 것과 같아
골짝을 빠지는 산 울음소리로
평생을 떠돌고도 싶습니다
그러나 사랑을 흙에 묻고
돌아보는 이 땅 위에
그림자 하나 남지 않고 말았을 때

바람 한 줄기로 깨닫는 것이 있습니다

이 세상에 사는 동안 모두 크고 작은 사랑의 아픔으로
절망하고 뉘우치고 원망하고 돌아서지만
사랑은 다시 믿음 다시 참음 다시 기다림
다시 비워두는 마음으로
하나가 되어야 한다는 것입니다

사랑으로 찢긴 가슴은
사랑이 아니고는 아물지 않지만
사랑으로 잃은 것들은
사랑이 아니고는 찾아지지 않지만
사랑으로 떠나간 것들은
사랑이 아니고는 다시 돌아오지 않지만

비우지 않고 어떻게 우리가
큰 사랑의 그 속에 들 수 있습니까
한 개의 희고 깨끗한 그릇으로 비어 있지 않고야
어떻게 거듭거듭 가득 채울 수 있습니까
영원히 사랑한다는 것은
평온한 마음으로 다시 기다린다는 것입니다

무제

_이상화

오늘 이 길을 밟기까지는
아 그때가 가장 괴롭도다.
아직도 남은 애닲음이 있으려니
그를 생각는 오늘이 쓰리고 아프다.

헛웃음 속에 세상이 잊어지고
끄을리는 데 사람이 산다면
검아 나의 신령을 돌멩이로 만들어다고
제 사리의 길은 제 찾으려는 그를 죽여다고

참 웃음의 나라를 못 밟을 나이라면
차라리 속 모르는 죽음에 빠지련다.
아 멍들고 이울어진 이 몸은 묻고
쓰린 이 아픔만 품 깊이 안고 죽으련다.

참회록(懺悔錄)

_윤동주

파란 녹이 낀 구리 거울 속에
내 얼굴이 남아 있는 것은
어느 왕조의 유물이기에
이다지도 욕될까.

나는 나의 참회의 글을 한 줄에 줄이자.
-만(滿) 이십사 년 일 개월을
무슨 기쁨을 바라 살아 왔던가.

내일이나 모레나 그 어느 즐거운 날에
나는 또 한 줄의 참회록을 써야 한다.
-그 때 그 젊은 나이에
왜 그런 부끄런 고백(告白)을 했던가.

밤이면 밤마다 나의 거울을
손바닥으로 발바닥으로 닦아 보자.

그러면 어느 운석(隕石) 밑으로 홀로 걸어가는
슬픈 사람의 뒷모양이
거울 속에 나타나온다.

후회

_한용운

당신이 계실 때에 알뜰한 사랑을 못하였습니다.

사랑보다 믿음이 많고 즐거움보다 조심이 더하였습니다.

게다가 나의 성격이 냉담하고 가난에 쫓겨서 병들어 누운 당신에게 도리어 소활하였습니다.

그러므로 당신이 가신 뒤에, 떠난 근심보다 뉘우치는 눈물이 많습니다.

물 보면 흐르고

_김영랑

물 보면 흐르고
별 보면 또렷한
마음이 어이면 늙으뇨

흰날에 한숨만
끝없이 떠돌던
시절이 가엾고 멀어라

안스런 눈물에 안껴
흩은 잎 쌓인 곳에 빗방울 드듯
느낌은 후줄근히 흘러들어 가건만

그 밤을 홀히 앉으면
무심코 야윈 볼도 만져 보느니
시들고 못 피인 꽃 어서 떨어지거라

진달래꽃

_김소월

나 보기가 역겨워 가실 때에는 말없이 고히 보내 드리우리다.

영변에 약산 진달래꽃

아름 따다 가실 실에 뿌리우리다.

가시는 걸음걸음

놓인 그 꽃을

사뿐히 즈려밟고 가시옵소서.

나 보기가 역겨워 가실 때에는 죽어도 아니 눈물 흘리우리다.

동경

_노천명

내 마음은 늘 타고 있소
무엇을 향해선가–

아득한 곳에 손을 휘저어보오
발과 손이 매여 있음도 잊고
나는 숨가빠 허덕여보오

일찍이 그는 피리를 불었소
피리 소리가 어디서 나는지 나는 몰라
예서 난다지…… 제서 난다지……

어디멘지 내가 갈 수 있는 곳인지도 몰라
허나 아득한 저곳에
무엇이 있는 것만 같애
내 마음은 그칠 줄 모르고 타고 또 타오

모란이 피기까지는

_김영랑

모란이 피기까지는
나는 아직 나의 봄을 기다리고 있을 테요
모란이 뚝뚝 떨어져 버린 날
나는 비로소 봄을 여읜 설움에 잠길 테요
오월 어느 날, 그 하루 무덥던 날
떨어져 누운 꽃잎마저 시들어 버리고는
천지에 모란은 자취도 없어지고
뻗쳐 오르던 내 보람 서운케 무너졌느니
모란이 지고 말면 그뿐, 내 한 해는 다 가고 말아
삼백예순 날 하냥 섭섭해 우옵내다
모란이 피기까지는
나는 아직 기다리고 있을 테요.
찬란한 슬픔의 봄을

반딧불

_이상화

보아라 저기, 아, 아니 여기,
까마득한 저문바다 등대와 같이
짙어가는 밤하늘에 별님과 같이
켜졌다 꺼졌다 깜빡이는 반딧불

광인의 태양

_이육사

분명 라이풀 선(線)을 튕겨서 올라
그냥 화화(火華)처럼 살아서 곱고

오랜 나달 연초(煙硝)에 끄스른
얼굴을 가리션 슬픈 공작선(孔雀扇)

거칠은 해협(海峽)마다 흘긴 눈초리
항상 요충지대(要衝地帶)를 노려가다

양지쪽

_윤동주

저쪽으로 황토 실은 이 땅 봄바람이
호인胡人의 물레바퀴처럼 돌아 지나고

아롱진 사월 태양의 손길이
벽을 등진 섧은 가슴마다 올올이 만진다.

지도째기 놀음에 뉘 땅인 줄 모르는 애 둘이
한 뼘 손가락이 짧음을 한함이여

아서라! 가뜩이나 엷은 평화가
깨어질까 근심스럽다.

한줄기 눈물도 없이

_박인환

음산한 잡초가 무성한 들판에
용사가 누워 있었다.
구름 속에 장미가 피고
비둘기는 야전병원 지붕 위에서 울었다.

준엄한 죽음을 기다리는
용사는 대열을 지어
전선으로 나가는 뜨거운 구두 소리를 듣는다.
아 창문을 닫으시오

고지탈환전
제트기 박격포 수류탄
'어머니' 마지막 그가 부를 때
하늘에서 비가 내리기 시작했다.

옛날은 화려한 그림책
한 장 한 장마다 그리운 이야기

만세 소리도 없이 떠나
흰 붕대에 감겨
그는 남모르는 토지에서 죽는다.

한줄기 눈물도 없이
인간이라는 이름으로서
그는 피와 청춘을
자유를 위해 바쳤다.

음산한 잡초가 무성한 들판엔
지금 찾아오는 사람도 없다.

자화상

_노천명

대자 한치 오푼 키에 두치가 모라자는 불만이 있다. 부얼부얼한 맛은 전혀잊어버린 얼굴이다.

몹시 차 보여서 좀체로 가까이하기를 어려워한다.

그린 듯 숱한 눈썹도 큼직한 눈에는 어울리는 듯도 싶다만은-

전시대 같으면 환영을 받았을 삼단같은 머리는 클럼지한* 손에 예술품답지 않게 얹혀진 가날픈 몸에 무게를 준다.

조그마한 거리낌에도 밤잠을 못 자고 괴로와하는 성미는 살이 머물지 못하게 학대를 했다.

꼭 다문 입은 괴로움을 내뿜기보다 흔히는 혼자 삼켜 버리는 서글픈 버릇이 있다. 세 온스의 살만 더 있어도 무척 생색나게 내 얼굴에 쓸테가 있는 것을 잘 알지만 무디지 못한 성격과는 타협하기 어렵다.

★ 클럼지한: 꼴사나운, 모양 없는

처신을 하는 데는 산도야지처럼 대담하지 못하고 조그만 유
언비어에도 비겁하게 삼가한다.
대처럼 꺾어는 질망정 구리모양 휘어지기가 어려운 성격은
가끔 자신을 괴롭힌다.

단조

_이상화

비 오는 밤
가라앉은 하늘이
꿈꾸듯 어두워라.

나무잎마다에서
젖은 속살거림이
끊이지 않을 때일러라.

마음의 막다른
낡은 띠집에선
넌지 모르나 까닭도 없어라.

눈물 흘리는 笛*소리만
가없는 마음으로
고요히 밤을 지우다.

★ 단조(單調): 사물이 단순하여 변화가 없음
★ 적(笛): 피리

해가 산(山)마루에 저물어도

_김소월

해가 산(山)마루에 저물어도
내게 두고는 당신 때문에 저뭅니다.

해가 산(山)마루에 올라와도
내게 두고는 당신 때문에 밝은 아침이라고 할 것입니다.

땅이 꺼저도 하늘이 무너져도
내게 두고는 끝까지 모두다 당신 때문에 있습니다.

다시는, 나의 이러한 맘뿐은, 때가 되면,
그림자같이 당신 한테로 가우리다.

오오, 나의 애인(愛人)이었던 당신이여.

소망의 시 1

_서정윤

하늘처럼 맑은 사람이 되고 싶다
햇살같이 가벼운 몸으로
맑은 하늘을 거닐며
바람처럼 살고 싶다. 언제 어디서나
흔적없이 사라질 수 있는
바람의 뒷모습이고 싶다.

하늘을 보며, 땅을 보며
그리고 살고 싶다
길 위에 떠 있는 하늘, 어디엔가
그리운 얼굴이 숨어있다.
깃털처럼 가볍게 만나는
신의 모습이
인간의 소리들로 지쳐있다.

불기둥과 구름기둥을 앞세우고
알타이 산맥을 넘어
약속의 땅에 동굴을 파던 때부터
끈질기게 이어져 오던 사랑의 땅
눈물의 땅에서, 이제는
바다처럼 조용히
자신의 일을 하고 싶다.
맑은 눈으로 이 땅을 지켜야지

겨울

_윤동주

처마 밑에
시래기 다래미
바삭바삭
추어요.

길바닥에
말똥 동그램이
달랑달랑
얼어요.

당신을 위해

_노천명

장미모양
으스러지게 곱게 피는 사랑이 있다면
당신은 어떻게 하시죠

감히 손에 손을 잡을 수도 없고
속삭이기에는 좋은 나이에 열없고
그래서 눈은 하늘만을 쳐다보면
애기는 우정 딴 데로 빗나가고
차디찬 몸짓으로 뜨거운 맘을 감추는
이런 일이 있다면 어떻게 하시죠

행여 이런 마음 알지 않을까 하면
얼굴이 화끈 달아올라
그가 모르기를 바라며
말없이 지나가려는 여인이 있다면
당신은 어떻게 하시죠

님의손길

_한용운

님의 사랑은 강철을 녹이는 불보다도 뜨거운데, 님의 손길은
너무 차서 한도가 없습니다.

나는 이 세상에서 서늘한 것도 보고 찬 것도 보았습니다. 그
러나 님의 손길같이 찬 것은 볼 수가 없습니다.

국화 핀 서리 아침에 떨어진 잎새를 울리고 오는 가을 바람
도 님의 손길보다는 차지 못합니다.

달이 작고 별에 뿔나는 겨울밤에 얼음 위에 쌓인 눈도 님의
손길보다도 차지 못합니다.

감로(甘露)와 같이 청량(淸凉)한 선사(禪師)의 설법(說法)도 님
의 손길보다는 차지 못합니다.

나의 작은 가슴에 타오르는 불꽃은 님의 손길이 아니고는 끄는 수가 없습니다.

님의 손길의 온도를 측량할 만한 한난계(寒暖計)는 나의 가슴밖에는 아무 데도 없습니다.

님의 사랑은 불보다도 뜨거워서 근심산(山)을 태우고 한(恨)바다를 말리는데, 님의 손길은 너무도 차서 한도(限度)가 없습니다.

엄마야누나야

_김소월

엄마야 누나야 강변 살자.
뜰에는 반짝이는 금모래빛
뒷문 밖에는 갈잎의 노래
엄마야 누나야 강변 살자.

조개껍질

_윤동주

아롱아롱 조개껍데기
울언니 바닷가에서
주어온 조개껍데기

여긴여긴 북쪽나라요
조개는 귀여운 선물
장난감 조개껍데기

데굴데굴 굴리며 놀다
짝잃은 조개껍데기
한짝을 그리워하네

아롱아롱 조개껍데기
나처럼 그리워하네
물소리 바닷물소리.

강 건너간 노래

_이육사

섣달에도 보름께 달 밝은밤
앞 냇강(江) 쨍쨍 얼어 조이던 밤에
내가 부르던 노래는 강(江)건너 갔소

강(江) 건너 하늘끝에 사막(沙漠)도 다은곳
내 노래는 제비같이 날러서 갔소
못잊을 계집애나 집조차 없다기
가기는 갔지만 어린날개 지치면
그만 어느 모랫불에 떨어져 타 죽겠소.

사막(沙漠)은 끝없이 푸른 하늘이 덮여
눈물먹은 별들이 조상오는 밤

밤은 옛일을 무지개보다 곱게 짜내나니
한가락 여기두고 또 한가락 어데멘가
내가 부른 노래는 그 밤에 강(江) 건너 갔소.

개여울의노래

_김소월

그대가 바람으로 생겨낫스면!
달돗는개여울의 뷘들속에서
내옷의압자락을 불기나하지.

우리가 굼벙이로 생겨낫스면!
비오는저녁 캄캄한녕기슭의
미욱한꿈이나 꾸어를보지.

만일에 그대가 바다난imagefont의
벼랑에돌로나 생겨낫드면,
둘이 안고굴며 떠러나지지.

만일에 나의몸이 불鬼神[귀신]이면
그대의가슴속을 밤도아 태와
둘이함께재되여스러지지.

비애(悲哀)

_윤동주

호젓한 세기(世紀)의 달을 따라
알 듯 모를 듯한 데로 거닐고저!

아닌 밤중에 튀기듯이
잠자리를 뛰쳐
끝없는 광야(曠野)를 홀로 거니는
사람의 심사(心思)는 외로우려니

아 — 이 젊은이는
피라밋처럼 슬프구나

별을 쳐다보면

_노천명

나무가 항시 하늘로 향하듯이
발은 땅을 딛고도 우리
별을 쳐다보면 걸어갑시다.

친구보다
좀더 높은 자리에 있어 본댓자
명예가 남보다 뛰어나 본댓자
또 미운 놈을 혼내 주어 본다는 일
그까짓 것이 다-무엇입니까

술 한잔만도 못한
대수롭잖은 일들입니다.
발은 땅을 딛고도 우리
별을 쳐다보면 걸어갑시다.

가을의 풍경

_이상화

맥 풀린 햇살에 번쩍이는 나무는 선명하기 동양화일러라.
흙은, 아낙네를 감은 천아융(天鵝絨) 허리띠 같이도 따습어라.

무거워 가는 나비 나래는 드물고도 쇠(衰)하여라,
아, 멀리서 부는 피리 소린가! 하늘 바다에서 헤엄질하다.

병(病) 들어 힘없이도 섰는 잔디풀---나뭇가지로
미풍(微風)의 한숨은, 가는(세(細)) 목을 메고 껄덕이어라.

참새 소리는, 제 소리의 몸짓과 함께, 가볍게 놀고
온실(溫室) 같은 마루 끝에 누운 검은 괴의 등은,
부드럽게도 기름져라.

청춘(靑春)을 잃어버린 낙엽(落葉)은, 미친 듯, 나부끼어라,
서럽게도, 길겁게 조으름 오는 적멸(寂滅)이 더부렁거리다.

사람은, 부질없이, 가슴에다, 까닭도 모르는, 그리움을 안고,
마음과 눈으로, 지나간 푸름의 인상(印象)을 허공(虛空)에다
그리어라.

아직도 사랑한다는 말에

_서정윤

사랑한다는 말로도
다 전할수 없는
내 마음을
이렇게 노을에다 그립니다.

사랑의 고통이 아무리 클지라도
결국 사랑할 수밖에,
다른 어떤 것으로도
대신할 수 없는 우리 삶이기에
내 몸과 마음을 태워
이 저녁 밝혀드립니다.

다시 하나가 되는 게
그다지 두려울지라도
목숨 붙어 있는 지금은
그대에게 내 사랑
전하고 싶어요.

아직도 사랑한다는 말에
익숙하지 못하기에
붉은 노을 한 편 적어
그대의 창에 보냅니다.

사랑스런 추억

_윤동주

봄이 오든 아침, 서울 어느 쪼그만 정거장에서
희망과 사랑처럼 기차를 기다려

나는 플랫폼에 간신한 그림자를 떨어뜨리고
담배를 피웠다.

내 그림자는 담배연기 그림자를 날리고
비둘기 한 떼가 부끄러울 것도 없이
나래 속을 속, 속, 햇빛에 비춰 날았다.

기차는 아무 새로운 소식도 없이
나를 멀리 실어다 주어

봄은 다 가고--동경 교외 어느 조용한
하숙방에서, 옛 거리에 남은 나를 희망과
사랑처럼 그리워한다.
오늘도 기차는 몇 번이나 무의미하게 지나가고,

오늘도 나는 누구를 기다려 정거장 가차운 언덕에서
서성거릴 게다.

--아아 젊음은 오래 거기 남아 있거라.

님의 침묵

_한용운

님은 갔습니다. 아아, 사랑하는 나의 님은 갔습니다.

푸른 산빛을 깨치고 단풍나무 숲을 향하여 난 적은 길을 걸어서, 참어 떨치고 갔습니다.

황금의 꽃같이 굳고 빛나든 옛 맹서(盟誓)는 차디찬 티끌이 되야서 한숨의 미풍(微風)에 날어갔습니다.

날카로운 첫 키쓰의 추억(追憶)은 나의 운명(運命)의 지침(指針)을 돌려 놓고, 뒷걸음쳐서 사러졌습니다.

나는 향기로운 님의 말소리에 귀먹고, 꽃다운 님의 얼골에 눈멀었습니다.

사랑도 사람의 일이라, 만날 때에 미리 떠날 것을 염려하고 경계하지 아니한 것은 아니지만, 이별은 뜻밖의 일이 되고, 놀란 가슴은 새로운 슬픔에 터집니다.

그러나, 이별은 쓸데없는 눈물의 원천(源泉)을 만들고 마는 것은, 스스로 사랑을 깨치는 것인 줄 아는 까닭에, 걷잡을 수 없는 슬픔의 힘을 옮겨서 새 희망의 정수박이에 들어 부었습니다.

우리는 만날 때에 떠날 것을 염려하는 것과 같이, 떠날 때에 다시 만날 것을 믿습니다.

아아, 님은 갔지마는 나는 님을 보내지 아니하였습니다.

제 곡조를 못 이기는 사랑의 노래는 님의 침묵(沈默)을 휩싸고 돕니다.

가는 길

_김소월

그립다
말을 할까
하니 그리워

그냥 갈까
그래도
다시 더 한 번

저 산에도 까마귀, 들에 까마귀
서산에는 해 진다고
지저귑니다.

앞 강물, 뒷 강물
흐르는 물은
어서 따라오라고 따라가자고
흘러도 연달아 흐릅디다려.

향수

_노천명

오월의 낮차(車)가 찰랑찰랑
배추꽃이 노오란 망을을 지나면
문득
싱이를 캐던 고향이 그리워

타향의 산을 보며
마음은
서쪽 하늘의 구름을 따른다.

춘수3제

_이육사

1

이른 아침 골목길을 미나리 장수가 길게 외고 갑니다.

할머니의 흐린 동자는 창공에 무엇을 달리시는지,

아마도 X에 간 맏아들의 입맛을 그리나 보나 봐요

2

시냇가 버드나무 이따금 흐느적거립니다

표모*의 방망이 소린 왜 저리 모날까요

쨍쨍한 이 볕살에 누더기만 빨기는 짜증이 난 게죠

3

삘딩의 피뢰침에 아지랑이 걸려서 헐떡거립니다

돌아온 제비 떼 포사선을 그리며 날아 재재거리는 건,

깃들인 옛 집터를 찾아 못 찾는 괴롬 같구려

★ 표모: 빨래하는 나이 든 여자

꿈꾼 그 옛날

_김소월

밖에는 눈, 눈이 와라,
고요히 창(窓) 아래로는 달빛이 들어라.
어스름 타고서 오신 그 여자(女子)는
내 꿈의 품속으로 들어와 안겨라.

나의 베개는 눈물로 함빡히 젖었어라.
그만 그 여자(女子)는 가고 말았느냐.
다만 고요한 새벽, 별 그림자 하나가
창(窓)틈을 엿보아라.

빼앗긴 들에도 봄은 오는가

_이상화

지금은 남의 땅 빼앗긴 들에도 봄은 오는가?

나는 온몸에 햇살을 받고
푸른 하늘 푸른 들이 맞붙은 곳으로
가르마 같은 논길을 따라 꿈 속을 가듯 걸어만 간다.

입술을 다문 하늘아, 들아,
내 맘에는 내 혼자 온 것 같지를 않구나!
네가 끌었느냐, 누가 부르더냐. 답답워라, 말을 해 다오.

바람은 내 귀에 속삭이며
한 자욱도 섰지 마라, 옷자락을 흔들고.
종다리는 울타리 너머 아씨같이 구름 뒤에서 반갑다 웃네.

고맙게 잘 자란 보리밭아,
간밤 자정이 넘어 내리던 고운 비로
너는 삼단 같은 머리털을 감았구나, 내 머리조차 가뿐하다.

혼자라도 가쁘게나 가자.
마른 논을 안고 도는 착한 도랑이
젖먹이 달래는 노래를 하고, 제 혼자 어깨춤만 추고 가네.

나비 제비야 깝치지 마라.
맨드라미 들마꽃에도 인사를 해야지.
아주까리 기름을 바른 이가 지심 매던 그 들이라 다 보고 싶다.

내 손에 호미를 쥐어 다오.
살진 젖가슴과 같은 부드러운 이 흙을
발목이 시도록 밟아도 보고, 좋은 땀조차 흘리고 싶다.
강가에 나온 아이와 같이,
짬도 모르고 끝도 없이 닫는 내 혼아
무엇을 찾느냐, 어디로 가느냐, 웃어웁다, 답을 하려무나.

나는 온몸에 풋내를 띠고,
푸른 웃음 푸른 설움이 어우러진 사이로
다리를 절며 하루를 걷는다. 아마도 봄 신령이 지폈나 보다.

그러나, 지금은 들을 빼앗겨 봄조차 빼앗기겠네.

이름 없는 여인이 되어

_노천명

어느 조그만 산골로 들어가
나는 이름없는 여인이 되고 싶소
초가 지붕에 박넝쿨 올리고
삼밭엔 오이랑 호박을 놓고
들장미로 울타리를 엮어
마당엔 하늘을 욕심껏 들여놓고
밤이면 실컷 별을 안고

부엉이가 우는 밤도 내사 외롭지 않겠오
기차가 지나가 버리는 마을
놋양푼의 수수엿을 녹여 먹으며
내 좋은 사람과 밤이 늦도록
여우 나는 산골 얘기를 하면
삽살개는 달을 짖고
나는 여왕보다 더 행복하겠소

동행

_이향아

강물이여
눈 먼 나를 데리고 어디로 좀 가자
서늘한 젊음, 고즈넉한 운율 위에
날 띄우고
머리칼에 와서 우짖는 햇살
가늘고 긴 눈물과
근심의 향기
데리고 함께 가자
달아나는 시간의 살침에 맞아
쇠잔한 육신의 몇 십분지 얼마
감추어 꾸려둔 잔잔한 기운으로
피어나리

강물이여 흐르자
천지에 흩어진 내 목숨 걸어
그 중 화창한 물굽이 한 곡조로
살아 남으리
진실로 가자
들녘이고 바다고
눈 먼 나를 데리고 어디로 좀 가자

별 헤는밤

_윤동주

계절이 지나가는 하늘에는
가을로 가득 차 있습니다.

나는 아무 걱정도 없이
가을 속의 별들을 다 헬 듯합니다.

가슴 속에 하나 둘 새겨지는 별을
이제 다 못 헤는 것은
쉬이 아침이 오는 까닭이요,
내일 밤이 남은 까닭이요
아직 나의 청춘이 다하지 않은 까닭입니다.

별 하나에 추억과
별 하나에 사랑과
별 하나에 쓸쓸함과
별 하나에 동경과
별 하나에 시와

별 하나에 어머니, 어머니,

어머님, 나는 별 하나에 아름다운 말 한마디씩 불러 봅니다.
소학교 때 책상을 같이 했던 아이들의 이름과 패, 경, 옥 이런
이국 소녀들의 이름과, 벌써 아기 어머니 된 계집애들의 이름
과, 가난한 이웃 사람들의 이름과, 비둘기, 강아지, 토끼, 노
새, 노루, '프랑시스 잼', '라이너 마리아 릴케', 이런 시인의 이
름을 불러봅니다.

이네들은 너무나 멀리 있습니다.
별이 아스라이 멀 듯이

어머님,
그리고 당신은 멀리 북간도에 계십니다.
나는 무엇인지 그리워
이 많은 별빛이 내린 언덕 위에
내 이름자를 써보고

흙으로 덮어 버리었습니다.

딴은 밤을 새워 우는 벌레는
부끄러운 이름을 슬퍼하는 까닭입니다.
그러나 겨울이 지나고 나의 별에도 봄이 오면,
무덤 위에 파란 잔디가 피어나듯이
내 이름자 묻힌 언덕 위에도
자랑처럼 풀이 무성할 게외다.

꽃이 먼저 알아

_한용운

옛집을 떠나서 다른 시골에 봄을 만났습니다.
꿈은 이따금 봄바람을 따라서 아득한 옛터에 이릅니다.
지팡이는 푸르고 푸른 풀빛에 묻혀서 그림자와 서로 따릅니다.
길가에서 이름도 모르는 꽃을 보고서 행여 근심을 잊을까 하
고 앉았습니다.
꽃송이에는 아침 이슬이 아직 마르지 아니한가 하였더니,
아아, 나의 눈물이 떨어진 줄이야 꽃이 먼저 알았습니다.

못 잊어

_김소월

못 잊어 생각이 나겠지요
그런대로 한 세상 지내시구려
사노라면 잊힐 날 있으리다

못 잊어 생각이 나겠지요
그런대로 세월만 가라시구려
못 잊어도 더러는 잊히오리다.

그러나 또 한긋 이렇지요,
그리워 살뜰히 못 잊는데
어쩌면 생각이 떠지나요?

작별

_노천명

어머니가 떠나시든 날은 눈보라가 날렸다.

언니는 흰 족두리를 쓰고
오라버니는 굴관을 하고
나는 흰 댕기 늘인 삼또아리를 쓰고

상여가 동릴르 보고 하직하는
마지막 절하는 걸 봐도
나는 도무지 어머니가
아주 가시는 것 같지 않았다.

그 자그마한 키를 하고-
산엘 갔다 해가 지기 전
돌아오실 것만 같았다.

다음날도 다음날도 나는
어머니가 들어오실 것만 같았다.

절정

매운 계절의 채찍에 갈겨
마침내 북방으로 휩쓸려 오다.

하늘도 그만 지쳐 끝난 고원
서릿발 칼날진 그 위에 서다.

어디다 무릎을 꿇어야 하나
한 발 재겨 디딜 곳조차 없다.

이러매 눈 감아 생각해 볼밖에
겨울은 강철로 된 무지갠가 보다.

자화상

_윤동주

산모퉁이를 돌아 논 가 외딴 우물을 홀로 찾아가선 가만히
들여다 봅니다.

우물 속에는 달이 밝고 구름이 흐르고 하늘이 펼치고 파아란
바람이 불고 가을이 있습니다.

그리고 한 사나이가 있습니다.
어쩐지 그 사나이가 미워져 돌아 갑니다.

돌아가다 생각하니 그 사나이가 가엾어집니다.
도로 가 들여다 보니 사나이는 그대로 있습니다.

다시 그 사나이가 미워져 돌아 갑니다.
돌아가다 생각하니 그 사나이가 그리워집니다.

우물 속에는 달이 밝고 구름이 흐르며 하늘이 펼치고 파아란
바람이 불고 가을이 있고 추억처럼 사나이가 있습니다.

바다의 노래

_이상화

내게로 오너라 사람아 내게로 오너라
병든 어린애의 헛소리와 같은
묵은 철리(哲理)★와 같은 낡은 성교(聖敎)★는 다 잊어버리고
애통(哀痛)을 안은 채 내게로만 오라

하느님을 비웃을 자유(自由)가 여기에 있고
늙어지지 않는 청춘(靑春)도 여기에 있다
눈물젖은 세상을 버리고 웃는 내게로 와서
아 생명(生命)이 변동(變動)에만 있음을 깨쳐보아라

★ 철리(哲理): 철학의 이치
★ 성교(聖敎): 성인의 가르침

내 가슴에 장미를

_노천명

더불어 누구와 애기할 것인가
거리에서 나는 사슴모양 어색하다.

나더러 어떻게 노래를 하라느냐
시인은 카나리아가 아니다.

제멋대로 내버려 두어 다오
노래를 잊어버렸다고 할 것이냐
밤이면 우는 나는 두견!
내 가슴속에도 장미를 피워 다오

행복

_유치환

사랑하는 것은
사랑을 받느니 보다 행복하나니라.
오늘도 나는
에메랄드빛 하늘이 환히 내다뵈는
우체국 창문 앞에 와서 너에게 편지를 쓴다.

행길을 향한 문으로 숱한 사람들이
제각기 한 가지씩 생각에 족한 얼굴로 와선
총총히 우표를 사고 전보지를 받고
먼 고향으로 또는 그리운 사람께로
슬프고 즐겁고 다정한 사연들을 보내나니,

세상의 고달픈 바람결에 시달리고 나부끼어
더욱더 의지 삼고 피어 헝클어진 인정의 꽃밭에서
너와 나의 애틋한 연분도
한 방울 연연한 진홍빛 양귀비꽃인지도 모른다.

사랑하는 것은
사랑을 받느니보다 행복하나니라
오늘도 나는 너에게 편지를 쓰나니
그리운 이여 그러면 안녕!
설령 이것이 이 세상 마지막 인사가 될지라도
사랑하였으므로 나는 진정 행복하였네라.

달을 보며

_한용운

달은 밝고 당신이 하도 기루었습니다.
자던 옷을 고쳐 입고 뜰에 나와 퍼지르고 앉아서
달을 한참 보았습니다.

달은 차차차 당신의 얼굴이 되더니
넓은 이마, 둥근 코, 아름다운 수염이 역력히 보입니다.
간 해에는 당신의 얼굴이 달로 보이더니,
오늘 밤에는 달이 당신의 얼굴이 됩니다.

당신의 얼굴이 달이기에 나의 얼굴도 달이 되었습니다.
나의 얼굴은 그믐달이 된 줄을 당신이 아십니까.
아아, 당신의 얼굴이 달이기에 나의 얼굴도 달이 되었습니다.

가을의 구도(構圖)

_노천명

가을은 깨끗한 새악시처럼
맑은 표정을 하는가 하면 또
외로운 여인네같이 슬픈 몸짓을 지녔읍니다.
바람이 수수밭 사이로
우수수 소리를 치며 설레고 지나는 밤엔
들국화가 달 아래 유난히 희어 보이고
건너 마을 옷 다듬는 소리에
차가움을 머금었읍니다.
친구여! 잠깐 우리가 멀리합시다.
호수 같은 생각에 혼자 가마안히
잠겨 보고 싶구료…

님에게

_김소월

한때는 많은 날을 당신 생각에
밤까지 새운 일도 없지 않지만
아직도 때마다는 당신 생각에
축업은 벼갯가의 꿈은 있지만

낯모를 딴세상의 네 길거리에
애달피 날 저무는 갓스물이요
캄캄한 어두운 밤 들에 헤매도
당신은 잊어버린 설음이외다

당신을 생각하면 지금이라도
비오는 모래밭에 오는 눈물의
축업은 벼갯가의 꿈은 있지만
당신은 잊어버린 설음이외다.

교목

_이육사

푸른 하늘에 닿을 듯이
세월에 불타고 우뚝 남아서서
차라리 봄도 꽃피진 말아라

낡은 거미집 휘두르고
끝없는 꿈길에 혼자 설레이는
마음은 아예 뉘우침 아니라

검은 그림자 쓸쓸하면
마침내 호수 속 깊이 거꾸러져
차마 바람도 흔들진 못해라

어머니의 웃음

_이상화

날이 맛도록
온 데로 헤매노라 ―
나른한 몸으로도
시들푼 맘으로도
어둔 부엌에,
밥짓는 어머니의
나보고 웃는 빙그레웃음!
내 어려 젖 먹을 때
무릎 위에다,
나를 고이 안고서
늙음조차 모르던
그 웃음을 아직도
보는가 하니
외로움의 조금이
사라지고, 거기서
가는 기쁨이 비로소 온다.

공존의 이유12

_조병화

깊이 사귀지 마세
작별이 잦은 우리들의 생애

가벼운 정도로
사귀세

악수가 서로 짐이 되면
작별을 하세

어려운 말로
이야기하지
않기로 하세

너만이라든지
우리들만이라든지

이것은 비밀일세라든지

같은 말은
하지 않기로 하세

내가 너를 생각하는 깊이를
보일 수가 없기 때문에

내가 나를 생각하는 깊이를
보일 수가 없기 때문에

내가 어디메쯤 간다는 것을
보일 수가 없기 때문에

작별이 올 때
후회하지 않을 정도로 사귀세
작별을 하며
작별을 하며
사세

작별이 오면
잊어버릴 수 있을 정도로
악수를 하세

사랑의 존재

_한용운

사랑을 '사랑'이라고 하면, 벌써 사랑은 아닙니다.

사랑을 이름지을 만한 말이나 글이 어디 있습니까.

미소에 눌려서 괴로운 듯한 장미빛 입술인들 그것을 스칠 수가 있습니까.

눈물의 뒤에 숨어서 슬픔의 흑암면(黑闇面)을 반사하는 가을 물결의 눈인들 그것을 비칠 수가 있습니까.

그림자 없는 구름을 거쳐서, 메아리 없는 절벽을 거쳐서, 마음이 갈 수 없는 바다를 거쳐서 존재? 존재입니다.

그 나라는 국경이 없습니다. 수명은 시간이 아닙니다.

사랑의 존재는 님의 눈과 님의 마음도 알지 못합니다.

사랑의 비밀은 다만 님의 수건에 수놓은 바늘과, 님의 심으신 꽃나무와, 님의 잠과, 시인의 상상과 그들만이 압니다.

자나 깨나 앉으나 서나

_김소월

자나 깨나 앉으나 서나
그림자같은 벗 하나이 내게 있었습니다.

그러나, 우리는 얼마나 많은 세월을
쓸데없는 괴로움으로만 보내였겠습니까!

오늘은 또다시, 당신의 가슴속, 속모를 곳을
울면서 나는 휘저어 버리고 떠납니다그려.

허수한 맘, 둘 곳 없는 심사(心事)에 쓰라린 가슴은
그것이 사랑, 사랑이던 줄이 아니도 잊힙니다.

구름

_박인환

어린 생각이 부서진 하늘에
어머니 구름 적은 구름들이
사나운 바람을 벗어난다.

밤비는
구름의 층계를 뛰어내려
우리에게 봄을 알려주고

모든 것이 생명을 찾았을 때
달빛은 구름 사이로
지상의 행복을 빌어주었다.

새벽 문을 여니
안개보다 따스한 호흡으로
나를 안아주던 구름이여
시간은 흘러가
네 모습은 또다시 하늘에

어느 곳에서도 바라볼 수 있는

우리의 전형
서로 손잡고 모이면
크게 한몸이 되어
산다는 괴로움으로 흘러가는 구름
그러나 자유 속에서
아름다운 석양 옆에서
헤매는 것이
얼마나 좋으니

광야

_이육사

까마득한 날에
하늘이 처음 열리고
어데 닭 우는 소리 들렸으랴

모든 산맥들이
바다를 연모해 휘달릴 때도
차마 이 곳을 범하던 못하였으리라

끊임없는 광음(光陰)을
부지런한 계절이 피어선 지고
큰 강물이 비로소 길을 열었다

지금 눈 내리고
매화 향기 홀로 아득하니
내 여기 가난한 노래의 씨를 뿌려라

다시 천고(千古)의 뒤에
백마 타고 오는 초인(超人)이 있어
이 광야에서 목놓아 부르게 하리라

사랑하면

_조병화

우리가 어쩌다가 이렇게 서로 알게 된 것은
우연이라 할 수 없는 한 인연이려니
그러다가 이별이 오면 그만큼 서운해지려니
그냥 지나칠 수 없는 슬픔이 되려니

우리가 어쩌다가 이렇게 알게 되어
서로 사랑하게 되면 그것도
어쩔 수 없는 한 운명이라 여겨지려니
이러다가 이별이 오면 그만큼 슬퍼지려니
이거 어쩔 수 없는 아픔이 되려니

우리가 어쩌다가 사랑하게 되어
서로 더욱 못견디게 그리워지면, 그것도
그렇게 될 수밖에 없는 숙명으로 여겨지려니
이러다가 이별이 오면 그만큼 뜨거운 눈물이려니

그렇게 될 수밖에 없는 흐느낌이 되려니
아, 사랑하게 되면 사랑하게 될수록
이별이 그만큼 더욱더 애절하게 되려니
그리워지면 그리워질수록, 그만큼
이별이 더욱더 참혹하게 되려니

쾌락

_한용운

님이여, 당신은 나를 당신이 계신 때처럼 잘 있는 줄로 아십니까.
그러면 당신은 나를 아신다고 할 수가 없습니다.

당신이 나를 두고 멀리 가신 뒤로는, 나는 기쁨이라고는 달도 없는 가을 하늘에 외기러기의 발자취만치도 없습니다.

거울을 볼 때에 절로 오던 웃음도 오지 않습니다.
꽃나무를 심고 물 주고 북돋우던 일도 아니합니다.
고요한 달 그림자가 소리없이 걸어와서 엷은 창에 소곤거리는 소리도 듣기 싫습니다.
가물고 더운 여름 하늘에 소낙비가 지나간 뒤에, 산모롱이의 작은 숲에서 나는 서늘한 맛도 달지 않습니다.
동무도 없고 노리개도 없습니다.

나는 당신이 가신 뒤에 이 세상에서 얻기 어려운 쾌락이 있습니다.

그것은 다른 것이 아니라, 이따금 실컷 우는 것입니다.

눈 오는 저녁

_김소월

바람자는 이 저녁
흰눈은 퍼붓는데
무엇하고 게시노
가튼저녁 금년(今年)은……

꿈이라도 꾸면은!
잠들면 맛날넌가.
니젓든 그 사람은
흰 눈 타고 오시네.

저녁 때. 흰눈은 퍼부어라.

꽃

_이육사

동방은 하늘도 다 끝나고
비 한방울 나리잖는 그때에도
오히려 꽃은 빨갛게 피지 않는가
내 목숨을 꾸며 쉬임 없는 날이여

북(北)쪽 「쓴드라」에도 찬 새벽은
눈속 깊이 꽃 맹아리가 옴자거려
제비떼 까맣게 날라오길 기다리나니
마침내 저바리지 못할 약속(約束)이며!

한 바다복판 용솟음 치는 곳
바람결 따라 타오르는 꽃성(城)에는
나비처럼 취(醉)하는 회상(回想)의 무리들아
오늘 내 여기서 너를 불러 보노라

사모

_조지훈

사랑을 다해 사랑하였노라고
정작 할 말이 남아 있음을 알았을 때
당신은 이미 남의 사람이 되어 있었다.

불러야 할 뜨거운 노래를 가슴으로 죽이며
당신은 멀리로 잃어지고 있었다.

하마 곱스런 웃음이 사라지기 전
두고두고 아름다운 여인으로 잊어 달라지만
남자에게서 여자란 기쁨 아니면 슬픔

다섯 손가락 끝을 잘라 핏물 오선을 그려
혼자라도 외롭지 않을 밤에 울어보리라
울어서 멍든 눈흘김으로
미워서 미워지도록 사랑하리라

한 잔은 떠나버린 너를 위하여
또 한 잔은 너와의 영원한 사랑을 위하여
그리고 또 한 잔은 이미 초라해진 나를 위하여
마지막 한 잔은 미리 알고 정하신 하나님을 위하여

접동새

_김소월

접동
접동
아우래비 접동

진두강 가람가에 살던 누나는
진두강 앞 마을에
와서 웁니다.

옛날 우리 나라
먼 뒤쪽의
진두강 가람가에 살던 누나는
의붓어미 시샘에 죽었습니다.

누나라고 불러 보랴
오오 불설워
시샘에 몸이 죽은 우리 누나는
죽어서 접동새가 되었습니다.

아홉이나 남아 되는 오랍동생을
죽어서도 못 잊어 차마 못 잊어
야삼경 남 다 자는 밤이 깊으면
이 산 저 산 옮아가며 슬피웁니다.

비

_한용운

비는 가장 큰 권위(權威)를 가지고, 가장 좋은 기회를 줍니다.

비는 해를 가리고 하늘을 가리고 세상 사람의 눈을 가립니다.

그러나 비는 번개와 무지개를 가리지 않습니다.

나는 번개가 되어 무지개를 타고 당신에게 가서 사랑의 팔에 감기고자 합니다.

비오는 날 가만히 가서 당신의 침묵을 가져온대도 당신의 주인은 알 수가 없습니다.

만일 당신이 비오는 날에 오신다면, 나는 연(蓮)잎으로 윗옷을 지어서 보내겠습니다.

당신이 비오는 날에 연(蓮)잎 옷을 입고 오시면 이 세상에는 알 사람이 없습니다

당신이 빗 가운데로 가만히 오셔서 나의 눈물을 가져 가신데도 영원한 비밀이 될 것입니다.

비는 가장 큰 권위를 가지고 가장 좋은 기회를 줍니다.

자야곡(子夜曲)

_이육사

수만호 빛이래야할 내 고향이언만
노랑나비도 오잖는 무덤우에 이끼만 푸르러라.

슬픔도 자랑도 집어삼키는 검은 꿈
파이프엔 조용히 타오르는 꽃불도 향기론데

연기는 돛대처럼 나려 항구에 들고
옛날의 들창마다 눈동자엔 짜운 소금이 저려

바람 불고 눈보래 치잖으면 못살이라
매운 술을 마셔 돌아가는 그림자 발자최소리

숨막힐 마음속에 어데 강물이 흐르느뇨
달은 강을 따르고 나는 차듸찬 강맘에 드리느라

수만호 빛이랴야할 내 고향이언만
노랑나비도 오잖는 무덤우에 이끼만 푸르러라.

행복

_박인환

노인은 육지에서 살았다.
하늘을 바라보며 담배를 피우고
시들은 풀잎에 앉아
손금도 보았다.
차 한 잔을 마시고
정사(情死)한 여자의 이야기를
신문에서 읽을 때
비둘기는 지붕 위에서 훨훨 날았다.
노인은 한숨도 쉬지 않고
더욱 아무것도 바라지 않으며
성서를 외우고 불을 끈다.
그는 행복이라는 것을 말하지 않았다.
그저 고요히 잠드는 것이다.

노인은 꿈을 꾼다.
여러 친구와 술을 나누고
그들이 죽음의 길을 바라보던 전날을.

노인은 입술에 미소를 띠고
쓰디쓴 감정을 억제할 수가 있다.
그는 지금의 어떠한 순간도
증오할 수가 없었다.
노인은 죽음을 원하기 전에
옛날이 더욱 영원한 것처럼 생각되며
자기와 가까이 있는 것이
멀어져 가는 것을
분간할 수가 있었다.

비단안개

눈들에 비단 안개에 둘리울 때,
그때는 차마 잊지 못할 때러라.
만나서 울던 때도 그런 날이오,
그리워 미친 날도 그런 때러라.

눈들에 비단 안개에 둘리울 때,
그때는 홀목숨은 못살 때러라.
눈 풀리는 가지에 당치맞귀로
젊은 계집 목매고 달릴 때러라.

눈들이 비단 안개에 둘리울 때,
그때는 종달새 솟아 때러라.
들에랴, 바다에랴, 하늘에서랴,
아지 못할 무엇에 취(醉)할 때러라.

눈들이 비단 안개 둘리울 때,
그때는 차마 잊지 못할 때러라.

첫사랑 있던 때도 그런 날이오
영 이별 있던 날도 그런 때러라.

창공(蒼空)

_윤동주

그 여름날
열정(熱情)의 포푸라는
오려는 창공(蒼空)의 푸른 젖가슴을
어루만지려
팔을 펼쳐 흔들거렸다.
끓는 태양(太陽)그늘 좁다란 지점(地點)에서.

천막(天幕)같은 하늘밑에서
떠들던 소나기
그리고 번개를,

춤추던 구름은 이끌고
남방(南方)으로 도망하고,
높다랗게 창공(蒼空)은 한폭으로
가지 위에 퍼지고
둥근달과 기러기를 불러왔다.

푸드른 어린 마음이 이상(理想)에 타고,
그의 동경(憧憬)의 날 가을에
조락(凋落)의 눈물을 비웃다.

한국인들이 좋아하는
한국의 명시 99선

초판 1쇄 인쇄 2025년 5월 7일
초판 1쇄 발행 2025년 5월 15일

엮은이 | 이강래
펴낸이 | 전영화
펴낸곳 | 다연
주 소 | 경기도 고양시 덕양구 의장로 114, 더하이브 A타워 1011호
전 화 | 070-8700-8769
팩 스 | 031-814-8769
이메일 | dayeonbook@naver.com
편 집 | 미토스
표지디자인 | 강희연
본문디자인 | 디자인 [연;우]

ISBN 979-11-90456-69-2 (03810)